I0835356

Los engranes rotos

Los engranes rotos

1a edición, México 2026 | Editorial Shanti Nilaya®
Diseño editorial: Editorial Shanti Nilaya®

ISBN | 978-1-970263-63-3
eBook ISBN | 978-1-970263-64-0

www.editorial.shantinilaya.life

Los engranes rotos

FRANCISCO MARISCAL

ÍNDICE

Para quien sabe que no todo lo roto se repara.

PRÓLOGO

No todas las fracturas son visibles. Algunas quedan en la memoria y reaparecen entre sombras. Escribir estos cuentos fue escuchar el crujido de lo que no encaja, pero insiste en moverse.

Cada relato es una pieza suelta, pero todas comparten un objetivo, descubrir qué nos hace seguir cuando todo se detiene. Lo que une a estos engranes no es la perfección del movimiento, sino la belleza del daño.

“Hay que ser un poco mentiroso para contar una historia correctamente”.

-Patrick Rothfuss, El nombre del viento

AGENDA

Cada año recibo una agenda, nunca compro una, siempre son regalos de los proveedores, pero me gusta recibirlas. De inmediato se me ocurre cómo voy a sacarle provecho y lo útil que será, aunque la realidad es que terminan como porta tazas.

La de este año fue como casi todas: Sin espiral; con el año en tonos dorados y de un color gris que aburre; tiene un seguro en la parte superior derecha, al que no he encontrado otro beneficio que darle un matiz menos tedioso al librillo. Supongo que para el diseñador fue como intentar poner algo de emoción a su tediosa vida sexual.

Para cumplir con el protocolo, abrí con cara de gusto el obsequio, aunque mi falsa cara de emoción se esfumó muy pronto. Resulta que la mentada agenda no traía ni calendarios pequeñitos, ni días, ni recordatorios, ni nada, solo renglones en color negro, ¡vaya despropósito! De golpe y porrazo la agenda se volvió más soporífera que leer 1Q84.

Mientras decidía su destino, aquella libreta se convirtió en pisa papales de un desordenado escritorio. Y así, el hastío se fue multiplicando entre las hojas; los archiveros; los muros; las ideas; las personas y el ordenador...Todo se pintó de un lánguido e indolente color rata.

Las ocho horas de trabajo empezaron a parecer dieciséis y la rutina se apoderó del entorno. Así, los tonos habituales se volvieron insufribles. El timbre del teléfono, los dedos sobre el teclado, el goteo de la cafetera, los buenos días de las personas.

En un arranque de desesperación, no tuve más remedio que organizarlo todo. Estaba a punto de botar al cesto la agenda cuando de reojo vi una pluma roja en el portalápices. La tomé a mano cambiada y –maquinalmente- la llevé hacia mi boca para morder el tapón.

Sin pensarlo, quité tapa y seguro. Comencé a escribir.

Diez de enero de dos mil veintidós. Ayer me enteré de que mi marido me engaña con aquel chófer que fue tan pronto promovido a ejecutivo. Estuve pensando en ello todo el día, mandarlo a la chingada fue la idea más repetitiva pero no pienso perder mis comodidades y lujos por ese tipejo, a fin de cuentas, al puto de mi viejo ni se le para. Así que hoy desde la ducha he sido más cuidadosa, primero con el depilado de champagne que tan lindo me queda; luego con la elección de la tanga de encaje en color negro y después, eligiendo el frasquito pequeño de perfume, el del número 5. Hoy será la noche en que haga feliz a José María, por fin le voy a dar por lo que lleva rogando ya casi dos años.

Después de escribir, el trabajo fluyó de forma más cómoda. Fue productivo como hacía tiempo no lo era: Disfruté de trabajar con la puerta abierta, sonriendo en cada ocasión que los tacones de Bianca se acercaban al privado del Chema. Cuando salieron tan juntitos no pude evitar voltear a ver la agenda.

Once de enero de dos mil veintidós. Estoy hasta la madre del cabrón de Fernando, siempre de arrastrado y con esa risita hipócrita con las muchachas. De una u otra forma he tolerado que sea el clásico "todas mías" pero hacerme quedar en mal frente a las dos becarias, eso ya no se lo puedo permitir. Además, ni cómo negar mi matrimonio y el descuento en nómina por pensión alimenticia pero está me la va a pagar, de mí no va a estar burlándose.

Al llegar la hora de comer, fue evidente la ausencia de Paul. Mientras me lavaba los dientes, entró muy sigiloso al baño, podían notarse los puños de la camisa manchados, así que simulando arreglarse el abotonado, se arremangó tipo chavorruco.

Me encontraba remitiendo el último correo electrónico del día, cuando desde la avenida se escuchó un patinar de llanta y el aparatoso sonido del impacto. Brenda, pálida, entró corriendo a la oficina gritando: —Acaba de chocar Fernando, al parecer una llanta se le salió del eje—.

Esa noche no podía dormir, quería la pluma en mis manos para anotar las actividades del día. Cuando pude descansar, fue con una enorme sonrisa en el rostro.

Doce de enero de dos mil veintidós. Estoy más nervioso que de costumbre. La auditoría no salió como yo esperaba. Sabía que me iban a dejar abajo, nunca debí confiar en ellos. Ya ni cómo decir la verdad: los cheques, la comprobación, los movimientos contables, todo está con mi firma. Qué le voy a decir a mi esposa; cómo voy a pagar las deudas... Esos cabrones con camionetas y relojes nuevos, ¿y yo?, yo con una denuncia anónima encima.

Tomé taza y rumbo a la cocina, sabía perfectamente los horarios de todos para el café. Utilicé el camino largo para pasar por la oficina de Jorge y deslizar un sobre bajo la puerta. Simultáneamente rellenaba la bebida, lo vi de reojo y sólo atiné a pensar: pobre –carajo- pero cinco años son mejor que veinte. Me sonreí ante mi buena obra del día.

Trece de enero de dos mil veintidós. Es el cuarto día seguido que este pendejo me manda flores, ya le he dicho que me tiene hasta la madre y nada más no entra en razón. Además, con sus pinches tonterías ya estamos todos aquí bronqueados y estoy a nada de que Silvano, se entere. Sí, yo sé que Silvano es un mujeriego, pero es que así son los artistas yo he procurado respetarlo y atenderlo como se debe. En todo caso si quisiera engañarlo, no iba ser con el tarado de Arnoldo, si por lo menos me mandara de las flores que a mí me gustan.

Se acercaba la hora de comer, era uno de esos momentos en que estás por caer en la tentación de salir a comprar a la tienda todo tipo de comida chatarra, llena de carbohidratos y azúcares. Tenía la mano sobre la puerta cuando se escucharon los gritos y las maldiciones: Anastasia, contenía por un lado a su marido y el personal de seguridad forcejeaba con Arnoldo. La sangre corriendo; los cabellos revueltos; las flores sobre el escritorio, era un espectáculo más que divertido.

Por la noche, nuevamente no podía dormir. Había disfrutado tanto de la semana que me era complicado conciliar el sueño. Me quedaba claro que las eventualidades no iban a seguir sucediendo todos los días... ¿Y si alguien quitaba el segurito y leía la agenda?, ¿me creería que eran meras casualidades? Yo no era culpable de lo sucedido, pero sin duda, encontrarían la manera de inculparme, resultaría que tendría que pagar por la lujuria, la avaricia y la gandallez de los demás. Eso es algo que la agenda, la pluma roja y yo, no podíamos permitir.

Llegué más temprano que de costumbre; omití la ida al gimnasio y acudí a trabajar con mi mejor traje: Los zapatos recién lustrados y el impecable nudo de la corbata daban la perspectiva del ejecutivo triunfador y exitoso. Tomé la pluma y abrí la agenda.

Catorce de enero de dos mil veintidós. Hoy fue uno de esos días perfectos en la oficina: Todos los pendientes salieron a tiempo y me felicitaron por mi impecable trabajo además, era viernes. María y yo teníamos rato coqueteando y desde semanas atrás, las cosas habían subido de tono. Aceptó ir a tomar una copa al departamento a cambio de quedarse a dormir allí ya que era peligroso regresar manejando a casa. Quedamos a las 9.30. Fui pensando en todo: El vino, las velas, la música, los frutos rojos y el chocolate. Casi pude percibir el sabor de la cera sobre su piel y escuchar el sonido de las fresas recorriendo su cuello, sus pezones, su perfecto abdomen.

María conducía, quería estar un rato en la bañera con una copa de vino mientras llegaba la hora de la cita. Al salir, se puso su bata favorita y tardó en decidir su ropa. Atendió hasta el más mínimo de los detalles, amarres, nudos e intersecciones estaban eróticamente pensados. Tomó las llaves y justo a las 9, sacó el auto de la cochera.

Sonó el timbre de la caseta y, emocionado, le permití el acceso. Bajé para esperarla al inicio de las escaleras. Nadie pronunció palabra, los besos estilo francés no dejan espacio para saludos ni explicaciones. Cada instante derrochó sensualidad. Ella jugaba con una cereza sobre sus labios y al descorchar la botella pensé que yo nunca había probado un vino tan dulce e intenso.

Entre caricias derramamos la segunda botella que cayó, convenientemente, sobre su vestido... Sus ropas cayeron sobre el piso, los minutos fueron eternidad, ¿yo?, yo perdí la cabeza literalmente.

Doña Benita tenía la instrucción de no ir hasta el domingo; la cerradura estaba dañada por lo que de nada le sirvieron las llaves; nadie contestó el teléfono y los dos autos en el estacionamiento llamaron su atención. Marcó al 911.

Dos cuerpos semidesnudos y cercanos dieron la bienvenida a la puerta forzada. La oficial a cargo encontró una agenda abierta sobre la barra de la cocina. Escrita con tinta roja, donde se daba cuenta de extraños sucesos acontecidos entre el diez y el quince de enero. En esa última fecha, la caligrafía era distinta -como de mujer-. Sigilosamente, guardó para sí agenda y pluma.

AGUJAS

Estaba acostumbrado a recibir -por lo menos- un par de llamadas en el transcurso de la mañana. Podría decirse que ya saludaba por nombre a los operadores de la compañía celular que te ofrece cinco meses con beneficios al doble; también había logrado aprender las ventajas de la portabilidad de nómina y del cambio de hipoteca, así como conocer las tarjetas de crédito con mejores condiciones de contratación.

Más allá de eso, mi teléfono no sonaba. Hecho, sin duda, derivado de una de las ventajas de la comunicación vía aplicaciones donde uno escribe lo que quiere, a quien quiere y cuando quiere. Te evita esa parte de responder llamadas incómodas o indeseables.

No obstante, al estar en horario de trabajo, tenía que contestar incluso los números desconocidos. No falta quién desde instancias superiores, solicite un informe por la mera comodidad de no buscarlo con el atrevimiento implícito, además, de llamar al celular.

Por eso tuvo mi atención la cantidad de llamadas recibidas. Todo el mundo parecía muy preocupado desde mis amigos hasta mis exnovias. "Cuídate mucho", "espero te recuperes", "sabes que cuentas conmigo". A la par llegaban las recomendaciones de terapias alternativas, dietas, homeopatía, reflexología, nombres y contacto de eminencias médicas tampoco tardaron en llegar.

Lo peor del caso, es que yo no tenía idea de lo que estaban hablando. Mi vida tiraba más hacia estar bien que mal. Vivo en un departamento cómodo; hago ejercicio; procuro comer sano; tengo un buen trabajo y estoy vacunado contra el amor, ¿qué carajos estaba sucediendo?

De repente lo recordé, aquel correo electrónico que llegó hace como dos meses, en el que solicitaron actualizar nuestra ficha clínica. Pensé que era un cuestionario de rutina pero luego me percaté, que habría que pasar por toma de presión; niveles de azúcar; colesterol; triglicéridos; anemia; prueba de esfuerzo; COVID; VIH; antígeno y otras tantas cosas más.

Me volvió a llenar de enojo aquella súbita inquietud por la salud del personal. Se deberían de preocupar por cosas como el estrés, el acoso y los horarios de trabajo en lugar de requerir todos esos análisis, que se tradujeron en cinco tubitos con muestras de sangre. A pesar de haber transcurrido tiempo suficiente, los resultados no habían llegado.

Lo que sí llegó hace un par de semanas fue otro correo, con los resultados de los estudios del impacto de la pandemia en el rendimiento laboral, personal y emocional donde, por cierto, no se preocuparon -ni tantito- por el cuidado en el manejo de los datos confidenciales. Con un poco de fisgonería de mi parte, pude enterarme de muchas cosas privadas de otros, con las que, en poco tiempo, pude sacar ventaja. Incluso invité a Diana a jugar adivina quién con el archivo en *Excel*, donde tras cada acierto, uno de los dos perdía una prenda. Afortunadamente, fuimos bastante perspicaces y el juego no duró mucho. El morbo provocado por la situación nos dirigió hacia actividades más divertidas, donde la desnudez siempre fue la constante.

Con tan buenos recuerdos, empecé a escribir un texto muy subido de tono, pero antes de dar enviar, nuevamente sonó el teléfono. —¿Te encuentras bien? ¿En qué te puedo ayudar? —

Seguía sin entender nada, opté por apagar el móvil e irme a casa. Eran como las siete cuando tocaron a la puerta que abrí medio amodorrado. Pude apreciar el olor de un perfume conocido que le iba estupendo a los tacones de aguja; a las largas piernas y a esa minifalda en color negro. Era Renata, la jefa de Recursos Humanos.

—Hola Diego, supongo que ya sabes la razón de mi visita—.

—No Rena, no tengo ni puta idea, de hecho, había pensado en llamarte hace unas horas—.

—Sí, ya sé, esa historia del "luego te llamo" me es bastante conocida.

Un silencio incómodo llenó el lugar y me quitó repentinamente, las ganas de besarla.

—Pasa, siéntate, te sirvo algo—.

—No tienes que seguir fingiendo Diego—.

Las lágrimas llovieron su mirar.

—Sí, ya sé que lo de nosotros no funcionó pero más allá de que lo pasamos bien, sabes que te quiero—.

Por instinto la abracé tiernamente, como respondiendo: yo también te quiero a ti.

—¿Por qué no me lo habías dicho? —

—Decirte qué cosa. Hoy todo el mundo se está comportando de manera muy extraña, tal parece que me estoy muriendo—.

La llovizna en sus ojos se volcó en tormenta. Renata, se puso de pie; me besó en la mejilla y se fue, dejando un sobre amarillo sobre la mesa de centro de la sala. Aún asombrado, me senté. Despacio, fui sacando los resultados del sobre haciendo búsquedas de cuando en cuando en el celular. Pude sentir cómo el color de mi piel iba desapareciendo. Queriendo distraerme un poco entré a mi *Facebook*, los exámenes médicos que tenía en las manos estaban publicados desde la mañana.

El dolor me aprisionó el pecho y todo comenzó a moverse despacio. La rigidez de mi brazo izquierdo se corrió hacia la mandíbula. El sudor apareció rápido y repentino, aumentado con cada latido desbocado. *Me pierdo, estoy cayendo, alguien ayúdeme*.

Pesadamente intenté abrir los ojos, escuchaba frases entrecortadas, pude notar que eran voces de mujer.

—Cuando me comentaste que Diego, estaba mal del corazón pensé que era en sentido figurado—.

—Sí, así lo era. No pensé que alterar sus resultados médicos lo traería al hospital—.

—Pronto se dará cuenta de que entraste a su *Facebook* y de todo lo demás—.

—Podría ser... ¿Sabes?, cuando estaba conmigo, siempre decía que lo llevaba al cielo, hoy no será la excepción—.

Sentí una caricia sobre los labios. De reojo, pude ver cómo la perilla del oxígeno giraba hacia la izquierda. Los tacones de aguja se alejaron y cada paso, se llevó mi respirar.

BATA

Después de un domingo con sucesos acontecidos a cuentagotas, se preparó una cena ligera para luego buscar en los cajones, la ropa de dormir. Enfrascada en pensamientos subió los escalones y entró a la recámara, de la cómoda sacó una bata ligera en tono morado, su prenda favorita para dormir.

Un rayo de luz cruzó su memoria, las imágenes se presentaron incesantes, vívidas, intensas, casi podían ser tocadas por las yemas de los dedos. Un torbellino de emociones y tuvo sensaciones parecidas a un ataque de vértigo.

No eran imágenes tersas o agradables por el contrario, se presentaban con dureza y frialdad, haciendo reaccionar al cuerpo ante las vivencias, como si el capítulo se repitiera. Cada escena infligía un mayor daño y el papel de espectadora no podía ser abandonado...Súbitamente, todo se detuvo, sus párpados se juntaron y sus labios se entreabrieron —mañana será un buen comienzo— dijo.

El amanecer llegó más pronto que de costumbre, las palabras se mantuvieron ausentes. Ausentes cuando el agua recorrió su desnudez; ausentes al elegir sus ropas; ausentes en el desayuno, al lavar los trastes y al enjuagarse los dientes.

Afuera, las calles estaban plenas de sol, con un sol frío y como somnoliento que apenas rozaba a las personas y objetos con sus rayos. Su caminado era fuerte; la mirada decidida; con el cabello corto y libre. Era su primer día, la oportunidad que había buscado.

Por las noches, repasaba las frases dichas en el trascurso del día en tanto, sus manos repasaban la batita morada, llenándola de caricias. Sus pensamientos se ordenaron, palpó, respiró, durmió.

Los días avanzaron y las respuestas no aparecían tampoco el olvido... Simplemente los días se exfoliaban dejando lugar al venidero, con santoral y efemérides; con compromisos ineludibles. Tenía que regresar... Comprendió los secretos de la contemplación y los hizo suyos, un dejo de vergüenza la recorrió, sintió el rubor en las mejillas y un cosquilleo en la entrepierna. Quedó envuelta en una fría oscuridad: la bata tendría que esperar para otra ocasión.

Llegó el cambio de estación y con ello la muda del follaje, ya se distinguía el final del año. Las noches pasaban de la calidez al frío así que se cubría de pies a cabeza con la bata puesta encima. Todo se volvió más gélido.

El cernidillo se apreciaba en el horizonte y prometía llegarle hasta los huesos. Después de tomar el baño, ceñía la bata a su figura. El café parecía más lúgubre en su sabor, lo tomó muy caliente -a sabiendas que se escaldaría la lengua- la sensación de calor en su boca le permitía sentirse viva, abrazarse, consumirse. Cerró los ojos, no supo en qué momento se durmió.

A la mañana siguiente recorrió su camino habitual. Sabía de memoria el número de pasos que la llevaban al cubículo ubicado al fondo del pasillo. Su mirada se apreciaba acarminada, el latido de su corazón alimentaba su ansiedad, parecía disfrutar de la opresión en el pecho. A cada paso dado regresaban las imágenes, recurrentes y escandalosas, sobrepuestas en estampas anegadas de líquido pegajoso y oscuro... mares que se extendían sobre la superficie del suelo.

Se asumió vieja, habían pasado ya meses desde que aconteció el suceso que la marcó. Por fin fue libre, suspiró y lloró un poco. Descubrió el placer en la inequidad y la ventaja. Sus pasos se tornaron más decididos.

Una breve reflexión atajó su camino. Se detuvo. La vanidad y el ánimo iban dejando lugar a la desesperanza; concibió una losa sobre su espalda: Densa, pesada, obscena...

Estiró la mano, afianzándose al metal que le recordó el viento cortante del invierno, se despojó de su abrigo; mordió sus labios, llevó el sabor a sangre hasta su boca, garganta y entrañas. No espero más sabía lo que tenía que hacer: Acomodó la silla, tomó su lugar y se recalcó la constancia de sus esfuerzos, de sus latrocinios, de su impericia, de su torpeza.

Fiel a su costumbre tampoco esperó respuestas. Sus inquisidores frente a ella ostentaban su rigidez con los brazos cruzados; hombre y mujer parecían altivos y arrogantes, salvo por aquella casi cómica expresión de los seres que han perdido sus ojos, su lengua, su corazón, su estómago.

La bata cayó detrás de sus pasos. La puerta se cerró. Ella sonrió.

BROTE

Sabía que vendría, lo esperaba -a veces odio tener razón- su recalar no fue por insaculación o destino, simplemente germinó. Había estado allí, agazapado, medio entumecido. La semilla dormía en la recámara, en espera de la detonación.

Quirúrgicamente abrí cada una de las capas de la epidermis, al principio fue imperceptible hasta que una mañana lo noté. El brote estaba allí.

—Mañana se irá— se volvió mi mantra favorito. Sin embargo al pasar de las semanas, sigue conmigo, se ha ramificado y asoma su renovación, sus brotes.

Sí, soy el dueño de mi miedo, no como dominante sino como sumiso; puedo notar los frutos del desánimo, de la decepción y de la apatía. Se muestran maduros y ávidos de alimentarse de mí, de ti, de nosotros.

Te lo cuento, porque no vayas a ser devorado desde las entrañas, sin testigos. Ahora también puedes verlo y sentirlo, quizá ya esté dentro de ti

CARTA

Casi podía paladear la dulce sensación que le producía recibir cartas. Sus manos jugueteaban dentro del bolso en busca de la llave del buzón; impaciente, abrió la portezuela y le sonrío al cartero quien sacaba ese sobre blanco tan deseado.

La emoción dejó para mejor ocasión la despedida. Colocó el papel entre sus labios y subió corriendo la escalinata a ritmo de dos peldaños por zancada; el quinto piso nunca pareció más cercano.

El giro del picaporte coincidió con el sonido del celular. El *ringtone* debió pasar a segundo término pero no fue así. El anuncio en la pantalla la obligó a tomar la llamada.

Al tranco de cinco palabras, colgó. En modo de supervivencia, dejó la carta sobre la barra de café y apoyó su mano derecha. Una vorágine se desencadenó en su pecho. Tomó las llaves del auto, sus dedos sin fuerza no pudieron sostenerlas; metal contra metal, se deslizaron en la superficie de la cafetera.

Los minutos transmutaron en días. Saturno, picapedrero que acaba y destruye, olvidó ser compasivo. Un dolor agudo en forma de recuerdo se estrellaba contra su ser. Inerte, se sirvió un *glencairn*, los hielos repiquetearon contra el cristal, la nitidez de la partitura se comparaba con la precisión de los cortes en el diamante que se mostraba en su dedo anular, apoltronado entre puntales de paladio y oro.

El agua congelada crujió al embate del whisky lo que disimuló un poco el sonido de su corazón cuando los ojos se posaron sobre el portarretratos. Rasgó por completo una de las siluetas en un arranque de ansiedad.

En conciencia, notó que el lacrado rojo permanecía intacto. Tomó el abrecartas y con un rápido movimiento, lo rasgó de lado a lado. Cayeron constantes y silenciosas: Sangre y *blended* resultaron en un color índigo, como el de la noche en la que se conocieron, recordó cada sonrisa, cada baile, cada cadencia de cuando hicieron el amor.

La hemorragia logró su cometido. Derribada, intentó con el brazo izquierdo alcanzar la carta. La joya refractó la luz que se coló una última vez entre sus pestañas.

CONSEJERA

Su apariencia aquella tarde era diametralmente opuesta a su costumbre. La falda larga de cuero se desentendía de la cintura hasta llegar a sus tobillos, dando un contraste irisado con el tono cerúleo de la blusa. Los tacones, más bien discretos, compaginaban con las formas de un cuerpo que afronta la madurez con dignidad.

Calzándose las gafas, uno a uno fue pasando los renglones en busca de la solución del anagrama. La codicia tropezó con la piedra de la realidad. Respiró profundo, realmente disfrutó de no encontrar lo deseado porque su ambición siempre fue otra, preferir la epifanía del dolor a la mansedumbre de la resignación.

A vuelta de estilete confrontó al invierno. Los dientes le rechinaban un poco por la emoción de la venganza y la sonrisa infantil compaginaba con su delirante mirada.

Se mostró de cuerpo completo; inmóvil, casi olvidando respirar. El florecer de los cerezos de oriente siempre la pareció una estampa melancólica, pero hoy en especial, las tonalidades rosas le parecieron pueriles y superfluas. Así que caminó, y con un tirón, se hizo de la postal incrustada en la parte izquierda. Vorágine de impulsos, furia y confeti.

A la respiración profusa, le sobrevino la confrontación.

Temía que las manecillas fueran mucho más rápidas que los engranes, así que apuró el desenlace. Odiaba su autosuficiencia, su seguridad, su determinación. Ella era mejor, era más, cómo no podían notarlo.

Las luces se apagaron, y con ellas los ruidos, los ecos y las discrepancias. Todo volvía a tener sentido; todo era como ella lo recordaba: el anagrama estaba resuelto y desde siempre, había conocido la respuesta.

El cuerpo permanecía inmóvil sobre la cama, la inhalación ausente empezaba a dar espacio al rigor. Exhausta de mirar, dio la vuelta, una lágrima resbaló por la mejilla al cabo de segundos, la mujer que habita en el espejo había desaparecido.

CRIATURA

Allí estaba el chanchito sobre excitado y señalando con el hocico debajo de la cama. De cuando en cuando, pegaba la carrera hacia afuera del cuarto solamente para regresar al mismo lugar y después de un par de vueltas siguiendo su rabito torcido, volvía a señalar la rata muerta que yacía bajo la cama.

No me había percatado de que dormí junto a un cadáver, supongo que tuvo que ver la pérdida del olfato que padezco desde hace algunas semanas. Al animal terminé sacándolo con una pala, todo seco y piojoso.

Uno se va a acostumbrando a todo. Las primeras noches me costó trabajo soportar los pasos de las arañas sobre los dedos, cuando en confusión se arremolinaban sobre mis manos. Al sentirse descubiertas, regresaban turbadas a su trabajo de tejer la orla de la almohada. Casi podía escuchar los improperios que mascullaban por los valiosos segundos perdidos.

Después ya no sentía nada, ni siquiera me di cuenta cuando aquella araña grande -la de las patas peludas y fibrosas- asomó sus colmillos al interior de mi boca. Nos descubrimos a un tiempo, vi mi reflejo múltiple en cada uno de sus ojos. Pude apreciar su actitud de enfado cuando me descubrió vivo: Las arañas son especímenes muy malhumorados.

Llevo ya rato aquí recostado. El reloj comenzó a caminar más lento cuando cambié el hambre por la pereza. Después de aquella orgía, me era difícil pensar en comida así que decidí dejarla. También dejé de lado el baño y el aseo, no me son necesarios.

Han pasado algunos días y el chancho no ha regresado. Generalmente aparece varias veces a la semana. Es un animal generoso y de gustos peculiares. Después del incidente de la rata, suele traerme roedores muertos que tira sobre los jirones de las sábanas. Primeramente, me divertían esas muecas con dientes prominentes pero terminaron por volverse tediosas ya que tardaban mucho en descomponerse.

Creo que iré en búsqueda del cerdito. Mi pelaje está ya tieso y áspero. Supongo que algo tendrá que ver la sangre seca que me recubre el cuerpo. Siento cómo regresa el hambre y con ella, los demás sentidos.

El primero en retornar es la lujuria, así que está noche me arrancaré la piel para salir a la ciudad. Seguramente tendré algo de suerte. No sé cuánto estaré ausente, me hastían las costumbres de las personas, la vida se ha vuelto más sencilla desde que me volví criatura.

Al regreso, dejaré que el puerquito elija la parte que quiera comer, he notado que tiene predilección por las entrepiernas el muy marrano. Luego volveré a dormir, quizá en esta ocasión, sí deje entrar a la araña.

ÉRICA

Después de seis horas de trabajo Érica, se encontraba harta y en extremo fatigada, aun en *home office* era complicado tener buena actitud durante todo el día, máxime después de corregir cinco informes de distintas personas. En la última media hora trató de divertirse matando algunas viudas, ya no por necesidad, sino por mero entretenimiento. Tomó un segundo aire después de observar el calendario, el día siguiente aparecía marcado con un círculo de color rojo.

Decidió ponerse los tenis y salir a caminar, había que seguir los consejos de su doctora. En el muelle, las noches llegaban temprano y la bruma apreció en el horizonte Érica, llevaba una sudadera de Roberto, le gustaba usarla y cada vez le hormaba mejor. Aunque había pasado tiempo, ella percibía el aroma amaderado del perfume que se combinaba con la brisa, como cuando se acurrucaba contra el pecho de Roberto para disfrutar la sensación de la barba sobre su mejilla.

Solían ir al muelle todos los martes, compartían un *creemee* con jarabe de arce y caminaban tomados de la mano, haciendo bromas y riendo por cualquier cosa. Después, se dirigían al departamento de Érica, donde las prendas cedían al efecto dominó de sus deseos. Aquella noche no fue la excepción, caminó con lágrimas en los ojos y muchos pensamientos por ordenar. Corrió las cortinas para dar entrada a las luces de la noche, se despojó de sus ropas y se arropó en la cama. Instintivamente llevó la mano a su entrepierna.

Luego de dormitar un poco mientras usaba ropa cómoda Érica, se dirigió a la cocina. La emoción no la dejaba dormir, siguiendo el consejo de su terapeuta, se dispuso a hacer algo productivo con su insomnio y dejó que las ideas tomaran forma. El agua aún no empezaba a romper en borbotones sin embargo, conocía el momento preciso. Tomó entre sus dedos la medida óptima y se dirigió a la tetera, bastaron dos minutos de infusión para servir la bebida. Disfrutó del sonido del agua al abrazar la cerámica, ante el aroma, no pudo evitar cerrar los ojos, soñó, viajó, respiró, sonrió. Se dirigió a la recámara, casi pudo ver a Roberto dormir.

A la mañana siguiente Érica, se levantó temprano, se bañó con agua fría para quitar el sopor de sólo dormir un par de horas. Calentó un *croissant* y puso café. Mientras desayunaba remitió algunos correos electrónicos, dejó muy en claro que ese día no estaría disponible por lo que instruyó sobre qué hacer con los pendientes. A pesar de su condición, saldría al mercado para comprar algunas cosas.

Al terminar la segunda taza de café garabateó la lista de compras que, sin ser muy extensa, requería de exactitud: Una manzana; un cuchillo de doble filo; rosas rojas; un listón; una maceta; una pala para jardinería; una vela y cerillas de madera. A media tarde estaba exhausta y de regreso, metió las compras en la cesta de los días de campo y estaba lista para el viaje.

Dos horas de carretera y otra más de terracería, la llevaron hasta la cabaña que comenzaron a pagar hace un par de años. El esfuerzo que significó bajar la camioneta por aquel camino quedó de lado cuando sintió al viento realizar pequeños trazos en sus mejillas, aún debajo de la ropa la piel reaccionó, sus músculos se contrajeron y un escalofrío tocó cada parte de su cuerpo.

Al interior de la cabaña todo seguía igual. El polvo se acumulaba después de un par de días Érica, siempre se preocupó por pagar para que hicieran el aseo de forma quincenal. Con dificultad encendió la chimenea y se aseguró de tener leña suficiente para toda la noche. Se calzó la sudadera, tomó la cesta y se dirigió al bosque. No eran lugares desconocidos para ella, Roberto le enseñó a moverse en el paraje, a reconocer las veredas y a no perderse.

Esta ocasión fue desgastante, la caminata le pareció eterna y se alegró tras ver el arce con las iniciales E y R. Bajo su fronda todo era más húmedo y frío, se sentó en el suelo, recargó su espalda y cerró los ojos. Recordó la tarde en que le entregaron aquel montón de páginas viejas y mohosas, encuadernadas de manera artesanal, con tapas de cuero y un atado de cordón, aunque eran diarios que se pueden conseguir en *Internet,* su peculiaridad se concentraba en ese frío metal incrustado en la portada.

El trabajo de transcripción lo llevó a cabo con cubre bocas, no obstante podía percibirse el aroma avainillado de las hojas. Más de alguna vez tuvo que investigar términos y significados para completar las frases. Érica, decidió tener una copia para ella y en virtud del contrato de confidencialidad, la transcripción se realizó de forma manual. La hizo con gusto, asombro y un poco de temor pero un susurro interior le decía que era importante hacerlo.

Hoy aquella actividad tenía sentido, en ese bosque, bajo ese árbol, sacó una hoja doblada de entre sus ropas; trabajosamente puso la rodilla sobre la tierra, la removió un poco para liberar ese matilla de flores blancas que, de una forma casi tierna trasplantó en la maceta.

En silencio y pesadamente, regresó por el camino andado. Érica, tuvo que encender la linterna de su celular para caminar entre los castaños. El súbito cese de la vegetación le indicó que era el lugar adecuado. A pesar de que el sol se había ido, no fue necesario encender fogata. Era 20 de octubre la noche de la luna de sangre.

Un reflejo asomó sobre las copas de los árboles gigantescos, temblaba cuando empezó a cavar; sacó las plantas de la maceta para sembrarlas en su nueva ubicación, media docena de flores de cristal sobresalían en el novilunio. Cuidadosa Érica, sacó las demás cosas de la cesta, tomó el cuchillo y cortó la manzana por mitad, sobre ellas, regó los pétalos de las rosas como dando una caricia; encendió la vela y la abrigó con el listón.

La luna se encontraba en lo alto del cielo Érica, miraba fijamente la flama de la vela y evocó la tarde en que llevó a Roberto hasta el muelle, sonrió al recordar su rostro de sorpresa y felicidad cuando le entregó la pequeña caja de zapatos: Roberto, abrió la caja; tomó uno de los zapatos y lo guardó en el bolsillo de la gabardina. Compartieron sonrisas, lágrimas, besos, abrazos y entre tanta conmoción, olvidaron despedirse. No tuvieron otra oportunidad.

Una lluvia sabor a sal regó las flores, en tanto que la luna compartía su iridiscencia. En los pétalos transparentes podía leerse un antiguo conjuro. Todo fue silencio y de entre los árboles surgió una silueta conocida. Érica, lo miró avanzar, sin decir nada Roberto, extrajo el zapatito de la gabardina; Érica sacó el suyo de la sudadera. Un grito partió en dos la quietud de la noche.

Durante el día, las contracciones fueron breves y de poca intensidad, de pronto se tornaron largas y continuas, el dolor fue en aumento. Roberto, con lágrimas en los ojos, recibió al bebé.

Por la mañana, un vehículo aparcó a un lado de la camioneta de Érica, con la copia de la llave abrió la cerradura, llevaba según las instrucciones, todo lo necesario para un recién nacido. La criatura estaba dormida en su cuna, debidamente cubierta. La chimenea aún tenía fuego encendido. La asistente buscó a Érica por toda la cabaña, después lo hizo en las afueras, a todo pulmón gritó, pero no encontró a nadie. Al regresar a la cabaña, sobre el pretil descubrió una carta misma que leyó con algo de miedo y desesperación:

> *Hoy hemos pronunciado un último perdón, que curiosamente, también resultó ser el primero. Un perdón proscrito, alejado de nuestros destinos porque los matices de esta realidad no pasan*

por la tonalidad de la tristeza, a contracorriente, a senda, palabra y abrazo, el erial se ha llenado de mirabeles. No, no habrá más perdones por ofrendar, porque en nuestros labios sólo quedó espacio para besos y caricias y en el interlineado de las crónicas vespertinas estarán las historias de fuerza, cariño y comprensión. No obstante, es un perdón matizado por los ayeres que no deben ser desestimados, en ocasiones la última pronunciación deja el eco de lo necesario, y en esa aliteración se arroban los "te amamos" no pronunciados. Por eso compartimos una última plegaria, mantra a repetir en cada mirada, no queremos otra cosa para ustedes que no sea felicidad; no queremos otra cosa para nosotros que no sea su sonrisa. Te damos gracias por cuidar a nuestro bebé, y a ti pequeño pedazo de luna, a ti te pedimos perdón por no estar allí para verte crecer. Siempre tuyos, mamá y papá.

En la cocina, la tetera y dos tazas guardaban algo de calor, junto a ellas, un par de hermosos escarpines tejidos, con adornos de flores y lunas. Alicia, tomó al bebé y los zapatos, salió de la cabaña sin decir nada.

FATA

Fueron más de 200 kilómetros de camino. No fue sencillo llegar hasta esa brecha escondida a mitad de la carretera que, además, no aparecía en el *Google Maps*.

Fernando, bajó del auto para estirar un poco las piernas, mirando dubitativo el paisaje. En definitiva, hubiera sido buena idea pedir prestada una camioneta para el viaje.

El carro era de los llamados compactos, así que el inicio de la terracería no auguraba mejores condiciones para el camino que aguardaba. Había comenzado el viaje a medio día, así que la oscuridad llegaría más pronto de lo que esperaba.

Al avanzar, la brecha se iba tornando más irregular. A los costados, los altos cañaverales no permitían ver más allá del verde y en el retrovisor solamente se apreciaba la nube de polvo que heredaba el pequeño auto.

Era un camino angosto, no permitía el paso de dos vehículos. La nocturnidad lo obligó a encender las luces y las sombras empezaron a ser recurrentes. El viento movía los brotes de caña produciendo un sonido como el de los gatos en celo mientras pensaba que si algo le pasaba en aquel paraje nadie se enteraría en varios días.

A su memoria vino la anotación que dejó en casa: "Me voy a buscarla, no puedo pasar más noches sin conciliar el sueño, tengo que resolver este misterio".

Fernando, esperaba un cielo estrellado pero el clima había tenido una idea distinta, la noche llegó acompañada de nubes y de una luna lánguida, casi triste, haciendo notar que faltaba más de un mes para que llegara octubre.

El frío aumentó en el auto y una bruma entreverada apareció en el camino. Dejado atrás el cañaveral, inició el ascenso: Sobre el desfiladero, la niebla se apreciaba encima del valle por instinto, pisó más fuerte el acelerador mientras los amortiguadores protestaron por su decisión.

Luego de treinta minutos de camino agreste, el automóvil se detuvo. Un marco de piedra sostenía la gran puerta de herrería oxidada, en la unión de las hojas se apreciaba un relieve formado por las que aparentaban ser hojas de muérdago.

Muy a su pesar Fernando, bajo del auto a fin de correr el pestillo. No había cerrojo ni candado. Abrió pesadamente la reja, que gimió emitiendo un sonido como el de la tiza sobre el pizarrón. El panorama cambiaba de manera radical, atrás quedaron cañaverales y riscos. A la vista, la arboleda se extendía ofreciendo una sonata de penumbras y sonidos donde hasta el musgo sobre las rocas, parecía proferir lamentos y alaridos.

Fernando, buscó donde aparcar el auto. La maniobra fue más complicada de lo habitual: colocar el carro entre los árboles y en la oscuridad, requirió más pericia de lo esperado, al bajar del auto, sentía cómo las llaves se movían inquietas entre sus dedos.

Recordó las noches de las últimas semanas. Ella aparecía, una y otra vez, en sueños, despertares y formas, la pareidolia se había apoderado de sus miradas. Se estremeció con la evocación del rostro entre los mosaicos de la cocina y pasó la mano sobre la marca que dejó el cuchillo en su pulgar derecho.

Sin saber a dónde dirigirse empezó a caminar. Tontamente, olvidó llevar consigo una linterna, por lo que tuvo que depender de la lámpara del celular. Con algo de miedo miró la pantalla, contaba con 18% de batería.

Las hojas crujían bajo sus botas de montaña, sin darse cuenta, un sonido de agua corriente empezó a acompañar sus pasos. El olor a pino llenaba su mucosa olfativa pero en un parpadeo, otro aroma llegó hasta lo más profundo de su nariz.

Un perfume a guayaba en estado de putrefacción invadió el ambiente, trayendo consigo el sonido de un enjambre. Por la impresión que tuvo, el celular cayó al piso y en un acto de supervivencia Fernando, corrió con el zumbido detrás suyo.

El ácido láctico llenó su cuerpo; el dolor arremetía contra sus músculos mientras en su pecho el oxígeno resultaba insuficiente. De súbito se detuvo. Un árbol inconmensurable extendía sus raíces fuera de la tierra, dejándose ver como una especie de caja torácica. Dentro, un corazón sangrante dejaba ver en su epicardio rostros de mujeres en agonía, que suplicaban piedad en su latir; de sus pulmones surgieron dos mariposas que salieron por el ramal, con su vuelo irregular se acercaron al rostro de Fernando.

En proximidad, las hamadryas se arremolinaron en torno a él para enredarse en sus cabellos, los aleteos se amontonaban contra sus tímpanos en escalofriantes cacofonías.

Con las manos sobre los oídos, los pensamientos hacían eco en su interior como el tañer del repique de campanas de la noche de San Bartolomé. El reloj en su muñeca marcaba las once de la noche. Resultó inevitable escuchar la voz de la abuela rogando que no saliera de viaje el 23 de agosto. —Cuentos infantiles— replicó él, aunque en su interior sabía que era algo más allá de lo comprensible lo que había estado en sus sueños las últimas semanas.

Rodillas sobre el suelo, pudo sentir cómo el frío circulaba entre las venas, temblando palpó el camino con las palmas, logrando ponerse en pie y con pequeños pasos continuar su avance.

Repentinamente, quedó cagado ante un golpe de brillantez: una ciénaga apareció ante su vista. En el humedal, un espectáculo de fuegos fatuos alardeó ante sus sentidos Fernando, incluso disfrutó del hedor a podredumbre y se adentró en el lodo.

Pudo sentir cómo una multitud de manos se instalaron sobre su cuerpo. Disfrutó de las caricias, de las dentelladas, del dolor incrustado sobre su cuello. Se estremeció, como en noches anteriores lo había hecho empapado de sudor sobre la cama. Una voz familiar le llenó, produciendo sensaciones que rayaban en lo prohibido.

Pasado el torrente de placer, tomó conciencia de donde estaba. La inmundicia le tatuaba el cuerpo y pudo ver como sapos y serpientes charlaban en amena plática; un lagarto volteó su cabeza de forma humana hacia Fernando, —sigue tu camino— espetó.

En estado de trance, los pasos se sucedieron. La ciénega parecía ansiosa por su presencia. El abrazo del agua helada lo despertó del letargo pero siguió adelante. En un instante, el peso de su cuerpo se hundió en el lecho y sólo la cabeza quedó fuera del agua.

En instantes conoció, en carne viva, las definiciones de desesperación, angustia, miedo y placer.

Alzó la mirada para encontrarse con una mujer desnuda. —Aquí me tienes. Soy Fata Morgana, abeja y flor, serpiente y caricia, veneno y cura—. Con un beso lo liberó de su prisión para llevarlo hasta un remanso entre las rocas.

Se acariciaron, un vigor inusitado le llenaba el cuerpo, se aparearon. En el punto sin retorno ella le susurró al oído, —Los has condenado a todos, ¿lo sabías? —, y mordió fuertemente su labio inferior hasta sangrarlo.

Fernando, despertó sobre el páramo con la frente aperlada por el sudor. —Vaya sueño— exclamó. Al abrir los ojos ella seguía allí. El grito se le atrancó en la garganta. La miró de nuevo, su piel de naturaleza ártica contrastaba con sus cabellos negros hasta la cintura, miel en cada curvatura, en cada recodo, en cada resquicio. Al recuperar la voz intentó llamarla, un escalofrió lo recorrió al escucharse.

En el último rincón de su mente se encontró con la imagen de su abuela. Tenía los ojos en blanco y las uñas sangrantes, con una voz de lúgubre, pero con sensualidad la escuchó sentenciar: —Siempre les han dicho que el demonio es varón, ya ven que no es así. El tiempo del hombre es el que nunca fue, yo soy Fata Morgana, y todos irremediablemente, vendrán a mí—.

El sabor a mosca irrumpió los pensamientos de Fernando, y al saltar sobre el siguiente lirio, el primer rayo de sol apareció...

FAMILIA

La progresión hacia barrio *trendy* era acelerada. Sin duda las calles empedradas y el gran número de árboles resultaban una invitación para los paseos. Como en cada mañana de domingo, el café se encontraba a tope y con una larga lista de espera.

Martina, llegó como a las 10, no tuvo un buen descanso además de haber estado inquieta toda la noche despertó llena de ronchas. —Tendré que cambiar de sábanas, estás me sacan urticaria con el calor— se dijo. El plan de estrenar aquel *shortcito* sensual tendría que esperar, las piernas con sarpullido no eran precisamente lo que quería mostrar ese día.

Después del tiempo de espera, pasó a la mesa. Sus amigas impuntuales, como siempre, llegaron un poco más tarde. Martina pidió un *croissant* y el café insignia de la casa. Pudo ver cómo el mesero se acercaba con la charola de los platillos, el aroma a mantequilla y horno la hizo salivar.

El olor de la mermelada de naranja y el café prometían una ambrosía. Guardó sus deseos de abalanzarse sobre el pan y lo tomó de la manera más distinguida posible. Al momento de alzar el brazo notó una sensación: las patitas caminaron desde la manga tres cuartos de su blusa, dejando una comezón tras suyo.

—¡Goey!, te está caminando una cucaracha, ¡qué asco! — desgañitó una de sus amigas. Martina, se puso de mil colores, la mordida al *croissant* tuvo sabor a hígado. Se puso de pie. No sabía si gritar, correr o esconderse. Salió del lugar llorando de la pena.

Al llegar a casa quitó las sábanas. En las juntas del colchón encontró la infestación. También en la ropa, en los bolsos y hasta en los contactos de la luz. Decidió prender fuego para terminar con la plaga, desde un rincón observaba de reojo las llamas, con el celular en las manos: Cimicosis, fue la última palabra que leyó.

GALLETAS

No era la primera ocasión que acudía al estudio. Desde hace algunos años busqué esta entrevista pero era complejo conseguir que Pablo, accediera qué decir a una entrevista, odiaba tener contacto con las personas.

Al paso de los días, descubrí que dormía muy de noche, por lo que general a partir de las tres o cuatro de la mañana. No lo tomaba como insomnio, decía que cuando todo está quedo y en calma es la mejor hora para las ideas: las buenas y las malas. Cuando despertaba, según me refirió, la casa ya estaba hecha y el desayuno listo. Nunca conocí a Rufina, pero sabía su nombre; que no era muy buena cocinera y que gustaba de dejar algo de polvo al sacudir los muebles.

Al principio, al llegar al estudio y acomodar los insumos, mis movimientos eran prácticamente mecánicos, dejaba la bolsa en el mismo lugar, podía notarlo por la huella que dejaban las cosas sobre la pequeña mesa del sofá, como la que deja el rodillo sobre la harina al preparar galletas.

Mientras yo hacía el ritual del bolso, él tomaba uno de esos vasos chaparritos y soltaba la perorata de que la finalidad del vaso era potenciar el sabor de su *Glenmorangie* mediante la oxigenación. Cortésmente, me ofrecía el primer trago. Nunca me ofreció agua, solamente *whisky*, pero he de reconocer que tardé algunas semanas en aceptar: No podré olvidar la experiencia del primer trago, cómo sentí que el fuego pasaba de la boca a la garganta. Hubiera sido gracioso tomar una fotografía de ese instante.

Posteriormente, los tragos eran una característica habitual en nuestras charlas. Aprendí a tomarle sabor, apreciarlo, a quererlo y a necesitarlo. Reconozco a su vez que también generé un sentimiento positivo hacia la bebida.

En mis visitas de los martes y los jueves, fui agudizando los sentidos en ese entorno a media luz, empecé a descubrir muchas cosas en la habitación: algunos libros se notaban más desgastados que otros; la pluma de tinta sobre el escritorio; las moronas de galletas sobre la alfombra y la silla, esa silla que en sí misma era una obra de arte y que siempre se encontraba junto a la ventana de madera. No había más cosas a su alrededor, no eran necesarias, las grecas, las formas, las subidas y las bajadas, el increíble detalle en la talla, todo allí era un universo barroco en equilibrio.

Nunca lo vi usarla. Nunca me atreví a tocarla.

Aquel jueves le comenté a Pablo, que pronto tendría que hacer un viaje. Tendría que cubrir un reportaje en Europa, volaría a Lisboa, le prometí traer de regreso un Moscatel de Setúbal, y no es que supiera realmente de vinos, sino que fue el primero que me apreció en el top ten, al buscar en Internet.

El viaje duró un poco más de lo previsto. Lisboa, se convirtió en Barcelona; Barcelona en Colmar y Colmar en Praga.

De regreso, traía muchas cosas más que vino para compartir con Pablo, aunque nunca lo había visto comer o beber nada más que whisky, ni siquiera galletas. No obstante, traía de regreso aquella -muy mona- cajita con patitas de oso que tanto me habían gustado.

Realmente no pude esperar al martes así que el lunes me dirigí al estudio y abrí sin tocar la puerta como lo hacía tiempo atrás. Lo único que pude hacer fue llevar mis manos hacía la cámara. Aún no logró recordar todas las veces que el disparador se activó, mí índice quedó atorado hasta que el obturador se atascó.

A su mirada retadora y de reproche, le siguió la voz más grave que puede pronunciar una niña de seis años. —Lo dejaste solo mucho tiempo. Espero que por lo menos hayas traído galletas—.

Desde esa tarde vivo en el estudio y por las noches me siento en la silla a esperarla. Platicamos, reímos, jugamos.

Durante el día, en tanto duermo, Rufina sigue con la preparación de los desayunos y Pablo toma su whisky. Respecto a los demás, todavía no me he dado tiempo de conocerlos.

En tanto suceda, seguiré tomando fotografías desde la silla. Antes de irme a descansar haré el encargo de galletas en el pedido del súper de la semana. Ya están por terminarse.

HACEDOR

Nunca habría imaginado caminar por esos parajes. Lo más curioso es que ni siquiera recuerdo cómo fue que llegue hasta allí. Vagamente rememoro el sonido de la tormenta, acompasada y cadenciosa y de repente, al abrir los ojos, quedé ofuscado de oscuridad, si es que el término puede ser considerado como válido.

Caminar por el tártaro fue toda una experiencia. Lo primero que habría que decir es que nunca pude visualizar el piso, simplemente mis pies descalzos sentían esa sustancia viscosa y tibia que se escurre entre los dedos y que, de cuando en cuando, salpicaba un poco por encima de los tobillos.

El ambiente no tenía un olor ferroso como podría pensarse, más bien era una gama de tonos que variaban de lo dulce a lo amargo, aromas que confundían los sentidos y la razón. En una vorágine de emociones, de corola en corola, fui el polinizador de la obscuridad.

Entre el azar de cada sobresalto, llegué ante aquella estructura de quebracho, composición soberbia por su tamaño y bastante peculiar en su talla. Podían apreciarse figuras de distintos genios que, en algún momento, se posaron sobre la tierra y que, según me pude enterar, algunas cuentas habían tenido que saldar aquí. Sin poder ver nada más allá de la punta de mi nariz, escuché la voz:

—Y tú, ¿qué es lo que haces por aquí? —

No supe qué decir, no es que tuviera miedo, simplemente me era complicado pensar después del cúmulo de sensaciones que se fueron impregnando sobre piel, pensamientos y alma.

—¿Sabes quién soy? —

Sin tener idea, balbucee un par de locuciones torpes, de esas que se pronuncian cuando se tiene listo el mejor discurso y uno sólo atina decir frases sin interés ni gracia. Antes del segundo intento por acomodar mis palabras, la voz resonó.

—Soy el inconmensurable, el primigenio—.

Ya no sabía si estaba con una deidad, un demonio o un demonio deidad. La verdad es que mis conocimientos de lo paranormal no iban más allá de lo que la cultura popular nos ofrece y mis pensamientos me llevaron a pensar en la utilidad de la Guía de Espíritus Tobin, libro que estaba seguro había escuchado nombrar en alguna ocasión.

—Yo, yo no sé quién soy—atiné a decir.

—Lo sabes. También sabes todo lo que has hecho y todo lo que harás—.

Nuevamente no pude decir nada. Los recuerdos empezaron a regresar, no a cuentagotas, sino en un torrente. Las imágenes lindas y apacibles nunca aparecieron. Vi el engaño, el hurto, la mentira, la violencia, el exceso.

Mil brazos rodearon mi cuello, la fuerza de los Hecatónquiros me robaba poco a poco la respiración, con las ansias, mis manos se dirigieron hacia arriba, el lugar donde se supone que está el cielo. La esclerótica fue ganando terreno, el corazón se desfogaba en el pecho.

Al despertar, ya estaba sentado a la mesa. Tántalo, me acompañaba evidentemente no lo conocía, él se presentó.

—Soy Tántalo, me gusta brindar con néctar y ambrosía, aunque es un lujo del que dispongo poco. Su "modernidad" nos ha traído mucho trabajo. Estás en la profundidad del Inframundo, donde se castiga a los malvados, ¿ya pudiste apreciar alguno de ellos? —.

—¿Soy yo un malvado entonces? —

—Dímelo tú—

—Bueno, supongo que, de uno u otro modo, todos somos malvados, aunque, bajo la misma premisa, todos somos también bienhechores—.

—Podría llegar a creerse pero, sin duda, es una falsa premisa—.

—Como la falsa tortuga—dije, para después callar bastante avergonzado. —¿Qué hago aquí? —

—Nada en particular. Cumples un simple capricho de los dioses. ¿Pensabas que las licencias de antaño no son aplicables a esta época? Nos divierte bastante pasar de una cosmogonía a otra, de creencia en creencia, de religión en religión, de tiempo en tiempo pero todos seguimos siendo los mismos, los de siempre—.

—Y entonces, ¿qué hago aquí? —

—Cumplir mis caprichos seguramente, no es que tengas muchas opciones para tomar—.

—Y, ¿qué fue todo eso de la oscuridad, la voz, el ahogamiento? —

—Supongo que has escuchado hablar del Mago de Oz, pero, más allá de ello, el miedo es una buena manera de conocer mejor a las personas—.

En los diálogos sucesivos hablamos de muchas cosas. Reconozco que mi curiosidad fue superada con creces, con todo lo que Tántalo me contó. Incluso, compartió conmigo un poco de néctar -de ambrosía no, dijo que esa la reservaba para sus visitantes mujeres-.

Después de un largo rato del que no sé decir si fueron minutos o semanas, Tántalo me habló de los caprichos. Desperté.

Así que no se fíen de mí, ni de los míos, ni de los suyos, ni de nadie. Soy el hacedor de caprichos. He regresado varias a veces al tártaro, siempre hay algo nuevo por negociar, por conseguir. Tengo el favor de Afrodita, quizá luego el de Hades, nunca se sabe, pero de lo que sí estoy pleno y consciente, es que en nuestra conciencia siempre queda el espacio para un pecado más.

INVITACIÓN

Todos recibieron la invitación de forma personalizada, a cada uno le fue dada su cada cual. En carne viva, las llagas emanaban el olor de las naranjas pasadas y los intentos de confortarse con pomadas y fomentos resultaron infructuosos.

No hubo lugar para pasar desapercibidos. La carne fermentada ganó camino a la lozanía y la ciencia fue inútil para la esperanza. Aun así, a todos nos causó sorpresa recibir aquella esquela: todas iguales, impresas en papel de hueso de cordero, según contaban los cotilleos que pululaban sobre el viento.

El papel oscuro y la caligrafía se repitieron incesantes por hasta 800 veces. Lo único cambiante era el nombre de los convidados. Las invitaciones se repartieron en una noche sin luna, como si el emisario quisiera ocultarse hasta de su propia sombra. Así quedó pactada entonces la fecha de la celebración. Mayo no era el mejor de los meses para caminar.

El cortejo fluyó entre un río de candelas que crispaban los nervios a la noche. El color de la procesión se adornaba con trémulos amarillos y naranjas. Aunque el baile disparejo de las flamas sobre los pabilos era admirable, manos temerosas cerraban las ventanas desde el interior y el eco de los rosarios solamente acrecentaba el temor en los corazones.

La convidante había dispuesto todo a la perfección, acostumbrada a llevar con exactitud el tiempo, nada dejó al azar o la fortuna. La cuenta de los invitados se llevó sobre tablillas de arcilla roja, un enérgico Torquemada llevaba de manera escrupulosa las anotaciones. No podía darse por sentado que estuvieran todos.

Al llegar a la estancia, pequeños machos cabríos dirigían a los dolientes hasta el patio central, donde arrojaban su vela a la boca del lobo. Se hubieran podido escuchar los gritos de las flamas al extinguirse pero desde las entrañas de la bestia emergían lamentos tan lastimeros, que saturaban el ambiente con terror, desolación y tristeza.

La realidad es que los invitados ya no podían saber, ni mirar, ni amar. Hacía tiempo que olvidaron amar, sin saberlo, era la coincidencia que los condenaba. Ni siquiera en su camino pudieron apreciarlo ya que su alma se desgastó consonante con sus pasos en lágrimas de cera.

Después del patio, fueron llevados a la habitación de los cuatro cirios. Caminaron con la cabeza gacha ya sin más vida que la que alcanzaba a medirse con el pincho de un arete. Los cirios se apostaron en las esquinas, orgullosos y pérfidos besaban con lujuria la techumbre.

Un pequeño coro de demonios entonaba a coro los pecados de los asistentes, cuando los concurrentes escuchaban los suyos, la vergüenza se cernía sobre sus cabezas tragándose el último atisbo de sentimientos.

Al final, todos entraron. La habitación hedía y ya nadie podía moverse, era imposible entrar o salir. La techumbre por fin cedió a las caricias y el fuego pronto inundó la habitación, el olor a carne quemada resultaba placentero ante los gritos de dolor de los peregrinos.

Un aroma a alcohol barato empezó a inundar el velatorio. Con la luz del sol Ramón, se levantó jadeante, empapado en sudor y tembloroso. Instintivamente buscó su ropa antes de despertar a Matiana.

—Maldita pesadilla mujer, te dije que no era una buena idea coger en el funeral—.

Matiana no dijo nada, sólo estiró la mano para entregar a Ramón su esquela.

LISTA

Era evidente que algo le pasaba. Ya no sólo el espejo se percataba sino también las personas con las que convivía a diario.

Empezó a caminar de manera encorvada, como cargando 50 kilos de peso muerto además, esa sensación de tener el estómago apretado durante todo el día.

Las cinco tazas de café por la mañana servían para apaciguar la sensación pero después, la sobredosis de cafeína daba un resultado poco deseado: se ponía ansioso y desesperado y jodido; al pasar el efecto todo se ponía triste, muy triste, las noches, los cielos, las canciones.

No pudo soportar más, se quebró. En un minuto todo fue huracán, erupción, calma. La garganta parecía dolerle como cuando quiere llegar un catarro. Dormía poquísimo y empezó a odiar a todo el mundo: los odió a gritos, los odió a enojos, los odió a muinas y a malas caras.

Para apaciguar las sensaciones se estableció un ritual, que invariablemente pasaba por el vodka y en donde las botellas se desvanecían. A veces se refugiaba en su restaurante favorito para comer en exceso y beberse tres botellas de vino, ¡infausta matemática!

Así, el recuerdo de un sentimiento le recorrió el cuerpo y se regodeó en su cabeza. Pasó la lengua sobre los labios y pudo saborear cada sensación creada. Paladeo su plan, imaginó cómo sería todo al solucionar su problema. Ya antes lo había hecho y esa emoción de mover el mundo por alguien más, le gustaba.

Lo había disfrutado con aquella cantante que podía desgarrarle el alma y llevarlo a la gloria con sus canciones; se deleitó con el baile y la música cuando se embebía con las piernas de la joven bailarina de cuerpo estilizado. Siempre las imaginó como sus Salomé.

Ahora estaba ella, la dueña de su apretado estómago; del grito contenido; de los pasos interminables; la del gozo momentáneo... El gozo que podría escribirse con tan pocas palabras, ese placer que lo dejaba inerme ante las complacencias ajenas; que lo seducía; que lo ponía a pensar en su próximo Bautista.

Todo comenzó de nuevo, ya no caminó encorvado, ya no estaba de mal humor.

La lista inconclusa regresó, volvió a coleccionar nombres y la caja de los recuerdos prohibidos tuvo que aumentar de tamaño.

Ella lo sabía, ella era su dueña, la maestra de las marionetas, la dominatrix. Juntos lo fueron, lo crearon, lo hicieron. Festejaron la vida y se regodearon en la muerte. Aún lo siguen haciendo, aún lo siguen deseando, la lista no ha dejado de crecer.

MONOS

—Nos lo advirtieron, no usen la camioneta que los dejará tirados—.

— Pues sí, pero tú sabes que así es esto, todo urge, todo importa, menos nosotros, estamos jodidos—.

—¿Saben?, cuando se habla de que un río serpentea realmente no lo imaginas. Ahora conozco a la serpiente de tono frío, que recorre y avanza constante, acechante y poderosa—.

Se hizo el silencio ante las luces ausentes, el cielo se llenó de bichos luminosos y centelleantes. Con la mirada dirigida hacia arriba, estaban como esperando una explosión repentina.

—Lo bueno es que, aún en medio de la nada, aquí nunca hace frío. Estamos en la terracería, sin señal, sin luz, muy lejos para caminar en uno u otro sentido, a la mitad, a la mitad de la nada—.

—¿Escuchan a los monos? Parece que andan de zalameros con la noche—.

—Seguro por una víbora por eso el escándalo, por la bicha—.

Los faros de la camioneta se mostraron vacilantes, como las velas cuando se van quedando sin pabilo. A pesar del sudor, de la sensación térmica y de la humedad, un asomo de frío inundó el entorno.

— No me van a creer pero estoy temblando—.

—Ya tú, no empieces con tus cosas, lo que quieres es asustarnos—.

—Los insectos, se están yendo los insectos—.

Un rumor empezó a crecer, el sonido aumentó como el de un cerro que se desgaja sobre la corriente, las mil voces pasaron de rumor a gritos, gritos que se confundieron entre animales y humanos. Dientes, uñas, carne, silencio.

NOCTURNA

Siempre tuve curiosidad por el cielo nocturno, no tenía claro por qué, pero podía pasar las noches mirando al firmamento. Con el tiempo, deseo y luminosidad no fueron compatibles; la contaminación no permitía escudriñar gran cosa así que, por instinto, busqué el remedio. A veces, cariño, la necesidad ensilla la montura.

La bruma, el polvo y una barrera corroída, impedían mi paso al bosque, en definitiva, la media noche no es el mejor momento para las visitas. En el transcurso, tomé valor, la cobardía cedió ante el hervor de la sangre.

Mis pasos se adentraban y, cuando menos me di cuenta, corría entre el arbolado disfrutando del crujir de las hojas. Fue especialmente excitante hacerlo con los pies descalzos, con la costumbre, los guijarros se volvieron benevolentes, sigilosos, desapercibidos.

Las primeras ocasiones me sentía juguetona como el viento de febrero ¡Podía correr tanto sin cansarme! No transitaba sin ton ni son, en los trayectos mis sentidos se embebían de tierra y de raíces. Era mi dominio vital. Sin reglas, sin prohibiciones, sin límites: Codornices, conejos, reptiles ¡Cómo lo disfruté!

En casa, hubo cosas peculiares, el desagüe de la regadera colmado de vello corporal; los agujeros en el patio; el balón que hice pedazos. También descubrí cosas desagradables: las pulgas, *peccata minuta;* la garrapata sí me hizo enfurecer. Clavé mis garras detrás de la oreja. No fue un rasguño, disfruté cómo la piel se abrió en cada capa, olí el ferroso arroyo carmesí que caminó por la contracción de mi cuello. Probé, sonreí.

He de decirte que no salía a diario, me percaté que mis andanzas corrían a ritmo de 29 días. Los paseos obedecían a una tonalidad propia: unos festivos y alegres otros fúnebres y depresivos. A la larga, los segundos superaron a los primeros.

Es curioso cómo se anegan tus adentros, tus entrañas. Las correrías resultaron insuficientes y los juegos se tornaron aburridos. Así la idea se formó en mi mente: Elección, acoso y captura.

Llegué a ti por las pequeñas cosas: el olor de tu perfume, la pulcritud de tu ropa, la manera en que acaricias tu mentón. Imaginé la sensación de mis dientes mancillando tejidos, machacando nervios, devorando comisuras. Una y otra vez, a vuelco de sol, frente al espejo. Un iris veteado en oro; un estudio pintado en escarlata.

Y ahora estás aquí, atado. Ambos desnudos, con la tentación resuelta en realidad. Por cierto amor mío, no tienes que temer a la plata, al agua santificada, ni a otros cuentos, a lo único que debes temer, es a dejar de amarme.

A la mañana siguiente, un cuerpo sin ropa, inerte. En su espalda, las marcas de las uñas armonizaban con la de los caninos incrustados sobre el cuello, aún podía respirarse su último aliento que se desvanecía entre sexo, placer y luna llena.

NOVÍSIMA

—¡Mierda! —

—Efectivamente, mierda. Mierda de a cinco mil pesos la bolsita. —

El tocador de mármol negro destellaba la luz ultravioleta. En la fría superficie, las líneas rosadas formaban una cruz de leviatán.

—Dos pases, la cuota para entrar — dijo el que hacía de cadenero al interior del baño.

—Oye, ella es novísima, ¿podría ser sólo una? —

—Conoces las reglas, Asher, son dos pases —

—Asher, no soy una niña — al terminar la frase, Nitz llevó la nariz sobre la barra, la pequeña falda dejó ver el inicio de sus nalgas. Fueron dos aspiraciones rápidas y profundas. Al erguirse, limpió su nariz en con el dedo y la falda regresó a su lugar. —Ves, no era para tanto —.

Asher aspiró. Un jalón fue suficiente para llevarse las dos líneas. Un poco de polvo rosado cayó sobre su torso desnudo. El cadenero abrió la puerta del cuarto de limpieza. Al ingresar Nitz, se sorprendió de la amplitud del salón: El techo alto hacía notar la densidad del humo en la parte baja; las paredes mostraban símbolos en tapices que expedían olor a humedad, tabaco y fluidos.

Pasado el primer asombro Nitz, notó la escasez de ropa. Los micro atuendos la hicieron pensar que su falda no era tan corta como creía. Fue en busca de la barra, la cerveza desapareció de dos tragos. Entre los cuerpos, pudo ver a Asher con una lengua sobre su pecho que limpiaba los rastros de tusi que habían quedado adheridos al sudor.

La música subió de tono y los ritmos repetitivos se confinaban en la cabeza. Nitz, sintió miedo a pesar del hacinamiento, su piel se enchinó y castañeó los dientes. Decidió salir, los pasos cautos pronto se transformaron en carrera. Estiró la mano, la muñeca inició su giro sobre el picaporte. El boom lo sintió en todo su ser, aquel éxtasis le aflojó las piernas. Soltó la perilla. El fuego interior hizo que se sacara la blusa para unirse a aquellos cuerpos que bailaban entre caricias.

Charolas con líneas rosadas pasaban entre el tumulto. No había espacio para la discreción o el recato. Nitz, aspiró de nuevo y decidida, probó el menú: hombres, mujeres, demonios. Nunca había sentido tanto júbilo, tanto placer.

Asher bramó desde la tornamesa. Con el sonido se formó un círculo de desnudez, donde en su centro quedaron los novísimos de la noche. De un tirón, Nitz, se arrancó la falda; bebieron "hadas verdes" tomando los tragos desde las bocas ajenas.

El círculo acuñó una voz propia y el susurro fue tomando forma. Nitz, sintió cómo la palabra Asmodeo se incrustaba en sus pensamientos. Asher se acercó a ella. Llevaba el fierro con ambas manos, en la punta, la cruz de leviatán fulguraba incandescente. El calor se incrustó entre las tetas, ella disfrutó del dolor hasta llorar de placer. Se entregó a Asher. Al acariciar su escroto pudo sentir los bordes de la cruz que se le extendían por la entrepierna.

La luz se apoderó de la habitación. Las náuseas fueron simultáneas al reflejo de abrir los ojos y la cabeza le punzaba sin control. En un acto de supervivencia, bebió agua del grifo. Levantó la cara sin dejar de mirar el espejo y palpó la cicatriz en su pecho. Una criatura con cabeza de toro le sonreía desde el reflejo.

REVÓLVER

Cápsulas de narcolepsia que se beben con agua del Buen Samaritano. Polución, calor, estruendo y depresión reposan en la recámara, mientras en la marialuisa de cristal todo se detiene, las obsesiones punzan las meninges y tarascan los corazones, entre sangre y vísceras, las ideas se desparraman.

El sudor deslava la frente, anega la espalda y traza el escote. En un espasmo la mano arremete contra el claxon, el sobresalto sacude la conexión entre cuatro millones de historias regadas por el asfalto. A pulso de cronómetro, divorcios, engaños, asesinatos, suicidio ¡Es tan poco el espacio para los amores y las dulzuras!

El limpiaparabrisas no despeja las lágrimas, rebotan como proyectiles que deslucen rímel, pintura y mascarada. No es tiempo traspapelado, el pendolista no se pierde, gusta de malvivirse sobre las heridas.

Un azote de la puerta; las palabras hirientes; la mano sobre la mejilla ¡Eres una puta!, se mira en el retrovisor. Desde la rutina se trazan los andares y se entinta la tragedia, somos indecisión, esquirlas.

El encierro se perfuma de tabaco y cafeína; el *streaming* se enraíza entre las volutas y da salida a los gritos contenidos. Con la respiración profunda una llamada llega, el altavoz borda las palabras. El asesino silencioso ha bajado su revólver.

SUEÑO

¿Alguna vez han sentido que el tiempo corre hacia atrás? Me ha estado ocurriendo en las últimas noches. En la tercera ocasión tomé la precaución de anotar en mi *moleskine* la hora en que me fui a la cama. Después, conforme pasaba la noche, anoté las horas que resultan de echar un ojo al reloj.

Estoy casi seguro de que no me van a creer, por eso anexo las derivaciones de mi seguimiento. El tiempo iba para atrás, para adelante, en círculos, sencillamente hacía lo que le venía en gana.

Creo no haber mencionado que en estos días no he logrado dormir y no es que no pueda cerrar los ojos, ¡sí los cierro! Lo que no consigo, es conciliar el sueño así que tuve que retomar el consejo de mi terapeuta: "si te llega el insomnio, debes buscar algo qué hacer, de todas formas, no podrás dormir".

Luego de valorar algunas opciones, me decidí por aguzar el oído para localizar los ruidos que la noche generaba, ¿han escuchado las patitas de las cucarachas corriendo sobre la madera? Después, se escucha cómo mastican y saborean su comida, las imagino con la boca embarrada de celulosa (como terminando de comer un pastel de triple chocolate), sin embargo el ruido más curioso de todos es el que sucede cuando les arrancas las patitas: tomas al bicho entre tus dedos índice y pulgar mientras con la otra mano, sujetas una de las patas, jalas y jalas y nada sencillamente nada, ningún ruido, ningún lamento, solo silencio. Hay mucho movimiento -eso sí- pero hasta allí, sin más reseña al respecto.

No vayan a creer que es fácil capturar una cucaracha pero cuando tienes tiempo, a todo le encuentras el modo. Yo utilicé el método de la botella de refresco cortada por la boquilla, sólo era cuestión de paciencia y de llegar antes de que el insecto se ahogara en el agua con vodka al que le había puesto un chorrito como anestésico.

Al principio resultó entretenido pero luego los bichos se empezaron a acumular y me resultó molesto aquel olor como a toalla vieja y ya sin patas pues no se lo podían llevar a ningún otro lado. Además, al levantarme a caminar con la luz apagada, frecuentemente terminaba aplastando a por lo menos un par -crujían, así como cuando los niños comen frituras con la boca abierta- lo cual es desagradable.

Se me ocurrió escribir, ¿han notado que cuando duermen llegan las ideas de los negocios millonarios; las aventuras por el mundo y las mujeres hermosas? Pues resulta que al escribir, los negocios terminaban traducidos en deudas, las aventuras en infortunios y las mujeres en matrimonio. Además, después de estar imaginando a tantas parejas, terminaba por confundir los nombres y aún en textos narrativos, es bastante oneroso tener que pagarles a los abogados.

Es pertinente decir que también encontré beneficios al insomnio: Logré leer un par de libros y terminar otro tanto de series televisivas, pero no logré cansarme, ni sentirme agotado. Pude comprobar además, la teoría de que los insectos son una alta fuente de proteína.

Como pueden ver, los días fueron llevaderos, pero todo comenzó a cambiar: con las cortinas cerradas la luz no ingresaba al departamento; la luminosidad de los focos comenzó a serme molesta así que decidí quitarlos todos. Acomodados sobre la barra de la cocina fui quebrándolos uno a uno para después meterlos en la licuadora, ¿lo han hecho?, es curioso escuchar cómo gritan los filamentos incluso podría decirse que es un tanto gracioso ¡Lástima que terminara tan pronto!

Después la luz de la pantalla del celular se volvió fastidiosa y las notificaciones de los grupos de *whatsapp,* insoportables. Resonaron los timbres una y otra vez, repetitivos ni siquiera lograba leer el contenido de los mensajes, dentro de mi cabeza todo comenzó a taladrar: sonidos multiplicados por sonidos, una y otra vez, de nuevo en mis oídos, ¡cállense ya!, ¡guarden silencio!

No pude hacer más que cerrar los ojos, todo comenzó a girar sin detenerse, giro sobre giro... Vomité tantas veces que perdí la cuenta; con las piernas temblorosas me dirigí hacia la bufetera -a tientas- logré encontrar el picahielo. Con un doble impacto logré terminar con el estruendo, pude sentir los hilillos de sangre correr por mis mejillas.

Tirado en el suelo, me acurruqué temiendo que los sonidos regresaran... Pasó el tiempo, no pude determinar cuánto. El olor a vómito se regocijaba al concentrarse en el aire. Al recobrar un poco la conciencia, me puse de pie para terminar tumbado sobre el sillón; tomé el control y prendí la televisión. Las imágenes cambiaron sincrónicamente con el pulso de mis dedos.

En un destello, los sonidos regresaron, podía escucharlos desde las imágenes y en lo profundo de mi mente un dolor empezó a subir desde la nuca. Instintivamente posé mi mano en el descansabrazo y palpé el celular, desde su pantalla no tardaron en llegar al unísono, todos los gritos de las redes sociales, ¡déjenme en paz!, ¡no quiero escuchar ya más!

Vidrios y chispas saltaron en sincronía, el teléfono impactó justo el centro de la pantalla de alta definición. Apreté fuertemente los ojos, no sirvió de nada... Volví a mi posición fetal.

Espero logren entender estas últimas notas. Cuando pude caminar, fui hasta la cantina, media botella de mezcal desapareció en un trago largo. Del estuche de accesorios para el vino, tomé el sacacorchos, una vuelta tras de la otra, al sentir el borde sobre mis párpados tiré fuertemente, repetí el proceso. Ahora escribo sobre las hojas mojadas, supongo de color rojo, puedo escuchar el chirrido de la pluma, al trazar cada letra es más insoportable.

Tengo sueño, voy a dormir.

TRECE

Transcurrió casi un año antes de conseguir un lugar para la oficina. El inmueble funcionó como salón de fiestas algunos años pero la pandemia hizo reconsiderar al dueño el giro de su negocio. Firmado el contrato, se procedió con las adecuaciones necesarias, decidiendo instalar cubículos con divisiones hechas de cristal templado.

Aunque los espacios no resultaron muy amplios, el vidrio otorgaba un toque de elegancia. Además, se colocó una película esmerilada para dar privacidad a los apartados. Una vez que se contó con el mobiliario, la oficina inició sus labores.

El paso de las semanas fue dando forma a la rutina donde el café era parte esencial de las mañanas. El aroma proveniente de la cocina invitaba a llenar la taza mientras ese olor intenso y andariego inundaba todos los privados.

Las hojas se acumularon sobre los escritorios y las reuniones de trabajo resultaron frecuentes. Hasta la sala de juntas llegó el estruendo. Todo el personal acudió al lugar donde se generó el ruido. Entre los cubículos 12 y 13 un vidrio divisor se visualizaba estrellado. Los lugares estaban sin personal y no había motivo aparente que hubiese ocasionado el incidente.

La persona encargada de la brigada de protección civil procedió a inspeccionar los cubículos, sin encontrar ningún otro daño ni en bienes ni en documentación. Echó una última mirada al cristal. Desde el punto central, las grietas, con forma de araña, tendían sus hilos —curioso caso— pensó. Luego, tomó el teléfono para solicitar el cambio del vidrio.

—Estallamiento repentino, sí, es muy común—, refirió el empleado. Por su mente pasó la posibilidad de hablar acerca de inclusiones de sulfuro de níquel, tensiones residuales y estrés térmico pero prefirió agendar la cita para el cambio, al día siguiente.

Cuando tuvo certeza de que el vidrio no caería, Gabriela regresó a su oficina. Nunca le gustó que le asignaran el cubículo número 13 pero hay decisiones que no pueden discutirse. Prendió la computadora. El termo de café, aun sin tapa, conservaba tibia la bebida. Trabajó unas horas más de lo habitual, había que terminar un informe.

Regresó a casa cansada y un poco estresada. Durmió poco, en sus sueños, arácnidos transparentes entraban por su boca y bajaban por el esófago. Al despertar, la sensación de patitas recorriéndola continuaba.

Prefirió no desayunar y tomó el auto. En pleno periférico sintió la primera arcada, luego vinieron más; la boca se le llenó de líquido y al toser, volante y tablero se llenaron de rojo. Perdió el control y el carro terminó incrustado en un semáforo aún en verde. Una telaraña se tejió sobre el parabrisas.

—Como le dije ayer, los estallamientos pasan, así nada más— dijo el empleado.

Antes de impactar el martillo sobre el vidrio para recoger el *cullet*, algo llamó su atención. Acercó su mirada al centro, un pequeño hueco en forma de diamante le permitía mirar a la oficina contigua. Pasó la mano sobre el escritorio y después sobre el piso. No logró sentir nada.

TRENES

Mi papá gustaba de llevarme a ver los trenes. Caminábamos entre los patios para ver de cerca esas moles metálicas unidas unas con las otras. Además de observar los vagones, había que estar atento al piso en busca de bolinchas, esas bolitas de piedra y acero que eran proyectiles invaluables entre los niños del barrio.

Después de caminar entre la grava y las vías, subíamos al puente para observar las maniobras, el paso de los trenes y su carga. Siempre era emocionante tratar de adivinar qué tan larga sería aquella serpiente metálica, qué tipo de vagones compondrían su cuerpo, cuántas máquinas jalarían al tren y lo más divertido: presagiar si la bestia traería un cabús al final, el cascabel de la vida y de la muerte.

Recordé todo a la llegada del tren. Siempre puntual, siempre a la hora. Últimamente viene más cargado. Sabrá qué diantres esté ocurriendo allá arriba que la carga va en aumento.

Nunca imaginé terminar en este trabajo. En la entrevista me dijeron que cumplía con el perfil, tenía la pinta de diablo responsable, no sé cuál de todas mis maldades me trajo hasta aquí pero no me quejo.

Al principio, el olor del agua podrida me hacía difícil el trabajo, pero luego uno se acostumbra. Ya disfruto empujar a las almas desdichadas dentro del molino. El tiempo de licuado resulta proporcional a los pecados de las personas. Cuando me entero de que viene algún invitado especial, me gusta reservarlo para elaborar mi batido con poca agua, ¡deben sufrir los desgraciados!

Entiendo que hay otros tormentos peores que el mío pero, como ya dije, soy un diablo responsable y me gusta hacer mi trabajo con calidad.

Como lo comenté, mi papá me llevaba a ver los trenes, ¿quién diría que me tocaría verlos por toda la eternidad? Ya tengo que irme, hay que limpiar las aspas que han quedado llenas de vísceras y ya se escucha otro tren, me pregunto si traerá cabús.

ZAPATOS

Como todos saben, tengo un especial gusto por adquirir ropa y zapatos y aunque es mayor el placer por el calzado, decidí comprar un par de pantalones y unas blusas bastantes coquetas para los tiempos cálidos que se avecinan.

Terminadas las compras, puse la bolsa en el asiento trasero de la camioneta. Es importante aclarar que la mía, no es de esas camionetas impostadas en el imaginario como de señoras, sino que es una de corte más bien deportivo más a tono con la idea de que los cuarenta son los nuevos treintas.

Al llegar a casa estaba tan distraída pensando en el hermoso par de zapatos que resolví no comprar, que dejé la bolsa olvidada en el interior del vehículo. Cuando me acosté algo en mi mente me tenía inquieta pero no pude más que concluir que se trataba de los zapatos, tendría que regresar a comprarlos al día siguiente.

Ya disfrutaba del sueño cuando, de repente, escuché que sonó el timbre. De inmediato tomé el celular para ver la hora 3.30 de la madrugada. Era definitivo que nadie había llamado a la puerta, sin embargo, ese despertar me llevó a recordar la ropa que dejé olvidada, así que pensé que era mejor echar un vistazo.

Confieso que al haber pasado ya los meses de invierno, no usaba la más abrigadora de las pijamas. Así que bajé con sólo unas bragas que había comprado hacía poco, de esas que se adquieren pensado en presumir, y que hacían juego con un p*illow bra* que me queda de encanto.

No sé si fue un reflejo de la película "El sexto sentido" o la ropa que llevaba puesta, pero a cada escalón que bajaba iba sintiendo más frío, poco a poco, esa sensación se fue tornado en la impresión de no estar sola.

No creo en fantasmas, espectros, espantos, ni nada que se la parezca pero no pude evitar sentir un poco de miedo. El frío se acentuaba en mis pies descalzos, lentamente sentí la reacción que se produjo en mi piel, subió por las pantorrillas, los muslos, pasó por la entre pierna, se alojó en el estómago y de allí se disparó a pechos, brazos y garganta.

El miedo se transformó en pánico cuando la sensación se alojó en mi cuello. Me era imposible gritar o hablar, sentí cómo la opresión aumentaba de a poco, el aire faltaba, la respiración se volvió difícil, forzada.

En un acto reflejo, comencé a respirar de manera profusa, desesperada, hasta que poco a poco tomé un ritmo más normal. Instintivamente, miré a la ventana, una sombra oscura se desvanecía.

Descorrí un poco la cortina -lo suficiente como para percatarme de la soledad de la calle- mientras un nuevo escalofrío recorrió mi cuerpo. La sombra pasó detrás, no era de forma humana, era mucho más pequeña, más ágil, más felina.

No supe qué hacer, con una rápida mirada recorrí la estancia y la cocina, subí a mi cuarto, seguida de pisadas breves y silenciosas. Entré en la habitación y me recosté, casi olvidando respirar. Centímetro a centímetro me acarició, el placer floreció mutuo y consentido. No fue la oscuridad, no fue la sombra, fuimos nosotros.

Al día siguiente, desperté con más energía que de costumbre y no pude evitar ver mi sonrisa en el espejo después del baño. Me puse la bata, tomé la llave de la camioneta y salí por mi ropa.

Me lo probé todo, sin duda, los zapatos me quedan maravillosos.

Francisco Mariscal (Guadalajara, México) es abogado y escritor. Los engranes rotos es su primera compilación de cuentos, donde lo cotidiano se desdibuja en los límites de la imaginación. Hay deseos que giran hasta romperse; este libro recoge los fragmentos.

www.ingramcontent.com/pod-product-compliance
Lightning Source LLC
LaVergne TN
LVHW050937080826
845145LV00004B/1302

* 9 7 8 1 9 7 0 2 6 3 6 3 3 *